AF363984

*17 Novembre 1886.*

# VENTE DU MERCREDI 17 NOVEMBRE 1886

à 2 heures

HOTEL DROUOT, SALLE Nº 8

---

# MEUBLES ANCIENS

## ET MODERNES

### Bronzes d'Ameublement

Faïences — Porcelaines — Objets variés

## BELLE BOISERIE DE SALON LOUIS XIV

### Tapisseries anciennes

### Tableaux

---

*EXPOSITION PUBLIQUE*

**Le Mardi 16 Novembre 1886, de 1 heure à 5 heures.**

---

<table>
<tr><td>COMMISSAIRE-PRISEUR<br>**Mᵉ PAUL CHEVALLIER**<br>10, rue Grange-Batelière, 10.</td><td>EXPERT<br>**M. B. LASQUIN**<br>12, rue Laffitte, 12.</td></tr>
</table>

# CATALOGUE

DE

# MEUBLES ANCIENS

## ET MODERNES

Tables, Consoles, Glaces, Sièges, des XVIIᵉ et XVIIIᵉ siècles
Bronzes d'ameublement, Pendules
Candélabres, Appliques, Lustres, Faïences et Porcelaines
Objets variés

## BELLE BOISERIE DE SALON LOUIS XIV

### TAPISSERIES ANCIENNES

*Tableaux*

DONT LA VENTE AURA LIEU

## HOTEL DROUOT, SALLE Nᵒ 8

### Le Mercredi 17 Novembre 1886

A DEUX HEURES

---

| Mᵉ Paul CHEVALLIER | M. B. LASQUIN |
|---|---|
| COMMISSAIRE-PRISEUR | EXPERT |
| 10, rue Grange-Batelière, 10 | 12, rue Laffitte, 12 |

---

**EXPOSITION PUBLIQUE : Le Mardi 16 Novembre 1886**

DE UNE HEURE A CINQ HEURES

# CONDITIONS DE LA VENTE

Elle sera faite au comptant.

Les acquéreurs paieront, en sus des adjudications, *cinq pour cent* applicables aux frais.

L'Exposition mettant le public à même de se rendre compte de l'état des objets, il ne sera admis aucune réclamation une fois l'adjudication prononcée.

Paris. — Imp. de l'Art. E. MÉNARD et J. AUGRY
41, rue de la Victoire, 41.

# DÉSIGNATION DES OBJETS

## BOISERIE LOUIS XIV

1 — Belle boiserie de salon du temps de Louis XIV,
en bois de chêne sculpté, à encadrements de
moulures surmontés de motifs à volutes, rin-
ceaux de feuillages et coquilles.

Elle est composée de cinq grands panneaux,
dont trois ouvrant à deux portes, un panneau
d'entre-deux, sept montants à rosaces, un encadrement de glace, un encadrement de glace
avec trumeau sculpté, deux dessus de portes
sculptés, une porte sans sculpture avec dessus
sculpté, trois boiseries avec chambranles et
diverses pièces de soubassement.

Cette boiserie est bien complète et en bon
état de conservation.

## MEUBLES

2 — Table à quatre faces, du temps de Louis XIV,
en bois sculpté et doré ; pieds à gaines ajourées ;
dessus de marbre blanc.

3 — Console d'applique Louis XV, en bois sculpté et doré, à ornements rocaille ; dessus de marbre.

4 — Glace avec bordure à fronton, en bois sculpté et ajouré.

5 — Glace du temps de Louis XIV, à bordure ajourée sur fond de glace.

6 — Deux chaises Louis XVI, en bois sculpté et laque, garnies de cretonne.

7 — Fauteuil Louis XV, bois laqué blanc, garni de cretonne.

8 — Deux jolis canapés garnis de dauphins, du temps de Louis XVI, et de peluche cramoisie.

9 — Chaise-chauffeuse garnie de soie Louis XVI, capitonnée.

10 — Petit bureau de dame du temps de Louis XVI, fermant à cylindre et surmonté de deux tiroirs, avec dessus de marbre et galerie.

11 — Paravent à quatre feuilles, en applications de soie représentant des plantes aquatiques.

12 — Buffet vitré en chêne sculpté, sur son support, de style Louis XIII.

13 — Meuble scriban ouvrant à abattant et garni de trois rangs de tiroirs, de forme contournée, en marqueterie de bois à fleurs, de travail hollandais.

14 — Petite vitrine de même travail et pouvant s'adapter sur le meuble qui précède.

15 — Étagère en bois noir, garnie de peluche et de franges.

16 — Petite armoire à glace en acajou.

17 — Meuble d'entre-deux en bois noir, à filets de cuivre, garni de bronzes et à dessus de marbre.

18 — Écran garni de peluche bleue, avec feuille de soie à fleurs sur fond jaune.

19 — Meuble vitré surmonté d'une étagère en acajou.

20 — Meuble de salon en acajou et velours rouge, composé de neuf pièces, plus deux paires de rideaux.

21 — Commode Louis XIV à trois rangs de tiroirs, avec poignées de cuivre.

22 — Commode Louis XIV à trois tiroirs, en bois sculpté.

23 — Grand meuble scriban, à contours, ouvrant à abattant et garni de deux tiroirs. Époque Louis XV.

24 — Petit bureau Louis XIII, en noyer marqueté à filets.

25 — Glace à encadrement de bois sculpté, d'aspect monumental, à montants ornés de colonnes torses supportant une corniche à figure en haut-relief.

26 — Vaisselier à étagère, en chêne sculpté.

27 — Deux traîneaux en bois sculpté et décorés de peintures. XVIIIᵉ siècle.

28 — Corps de meuble Renaissance, en chêne.

29 — Grand fauteuil Louis XIII, avec traverse de dossier en cuir.

30 — Fauteuil-marquise, garni de soie ancienne avec bourrelet en peluche.

31 — Petit paravent à trois feuilles en soie ancienne et peluche.

32 — Console italienne Louis XVI, en bois doré à pieds cannelés.

33 — Glace à encadrement Louis XV, en bois sculpté, surmontée d'un couronnement.

34 — Douze chaises légères, en bois laqué noir et or, couvertes de soierie rouge.

35 — Garniture de cheminée de style Louis XVI, composée d'une pendule à consoles, guirlandes et mufles de lion, surmontée d'un vase et de deux candélabres à six lumières en bronze doré.

36 — Deux grands candélabres à neuf lumières, à tiges balustres, avec figures d'enfants en bronze doré.

37 — Deux flambeaux Louis XVI, à tige cannelée, en bronze.

38 — Deux bras-appliques à huit lumières, en bronze doré.

39 — Petite pendule du temps de l'Empire, en bronze doré, ornée de deux figures de muses en bronze.

40 — Deux girandoles à cinq lumières, en bronze, garnies de cristaux. Genre Louis XVI.

41 — Lustre en bronze garni de cristaux.

42 — Suspension de salle à manger, en cuivre poli.

43 — Pendule en marbre blanc et bronze doré avec figure de liseuse en bronze.

44 — Deux coupes en bronze vert, avec socles en marbre de Sienne.

## FAIENCES ET PORCELAINES

45 — Grand vase forme Médicis, à deux anses et culot orné de godrons, décor bleu à médaillons de paysages à fleurs; il est supporté par un

socle en bois sculpté à figures de naïades et animaux.

46 — Deux lampes en porcelaine de Chine, fond jaune, décorées de dragons.

47 — Coupe en faïence espagnole à reflets.

48 — Service en faïence de Strasbourg, moderne, composé d'environ cent soixante pièces.

49 — Service en porcelaine de Tournay, composé d'environ cent vingt pièces.

50 — Deux vases forme tulipe, en porcelaine décorée dans le goût japonais, avec écussons armoriés.

51 — Vase en poterie du Japon, décoré de figures.

52 — Vase ovoïde à deux anses, dragons en poterie du Japon, décorés de médaillons à sujets familiers.

## DIVERS

53 — Deux cadres contenant chacun six têtes burlesques en terre cuite.

54 — Deux figures Louis XV, exécutées en étoffe et encadrées sur fond argent.

55 — Chope en porcelaine d'Allemagne, décorée d'un Bacchus.

56 — Groupe en pierre de lard.

57 — Miniature ovale : portrait de femme, de l'école hollandaise.

58 — Petite pagode hindoue en bois sculpté et ajouré, avec huit figures de divinités en bois doré et peint.

59 — Vase en émail cloisonné du Japon.

60 — Boîte à thé en émail de Chine.

61 — Plateau à lettres en plaqué, avec bordure en argent ciselé.

62 — Deux statuettes en bois sculpté.

63 — Statuette de Vierge en bois sculpté et doré.

64 — Cadre Louis XIV, en bois sculpté à grosses fleurs.

65 — Écran indien en palmier.

# TAPISSERIES

66 — Tenture en ancienne tapisserie verdure.

67 — Six portières en ancienne tapisserie.

68 — Tour de lit en tapisserie au point et fragment
de tapisserie.

69 — Grand tapis en moquette, genre Smyrne, à
fond rouge.

70 — Chape en satin blanc brodé en soie de cou-
leurs et paillettes.

71 — Cinquante-cinq tableaux de différentes écoles.
(Seront vendus séparément.)